岩魚の季節

小田 淳

目次

詩

俳句

詩

釣宿

峠を越えると
爽やかな風にのって
跡切れ跡切れに聞こえる
渓流の音を意識しながら
坂道を下だる

山裾の木々鬱蒼として
木立の狭間に

谷川が見えてきた
流音も聞こえる
水の精　谷の霊かと
清流に潜む渓魚の姿
思い浮かべて林に入る

天翔るような駒鳥の鳴声を
梢に聞きながら林を抜けると
釣宿がみえた
木の間から陽燦々と射し込む
初夏の昼下がりに

岩魚の季節

淡雪残る渓谷に
じっと耐えていた　岩魚
水温むせせらぎの音
高まるのを合図の如くに
行動を始める初夏は
岩魚たちの季節

薫風そよぐ山峡に

小鳥たちが囀り
水辺に咲く山吹の黄色が
谷の岩間から垂れ下がり
樹林の梢に藤の紫華やぐ頃
釣人
勇躍して谷に入る

岩　魚

見晴かす連山から雪解けの水
流れる谷森閑と迫り
遡るに従ってその水脈
岩間より滲み出るに等しく
絶え絶えとした細流に生じた
僅少な澱みに
枯木が沈んでいると見えたのは
蒼褐色の背色をした　岩魚

静寂として姿勢崩さず
流れてくる餌を待つのか
目の動きのみ鋭気漲る気配と共に
此処がわが栖なりと
峡谷の主のような姿
岩に棲む魚と呼ぶ名に
相応しい　岩魚

山女魚

岩蔭の朽木の下に潜む
一尺ほどの魚影
ひと度走れば青白く光る
矢の如く敏捷な　山女魚
静止して流下してくる
餌を見張っている

岸辺の木に絡んだ蔓に

山藤の花が咲く蔭に
ひっそり釣竿構えた
釣人一人
風渡る梢揺らいだ時
木の枝と見紛う一竿音もなく
動きを生じた瞬間
食らい付いた　山女魚

竿先たわわに弧を画き
水面騒げども釣人動じず
小判形の斑紋見せて
あらがう山女魚の目
鋭く光っている

虹鱒

西湘に雪が降り
河原の水流が黒々と蛇行して
しばし澱む流域に泳ぐ　虹鱒
辺りの様子平穏なのを
確認するかのように
水面に浮かび出てくる

銀色の肌に虹色を滲ませ

豊饒な肢体を翻し
遊泳する　虹鱒
命永らえること願えども
釣人たちの喧噪に明ける暁の
明日の命を知らずに

鱒釣り

幽かに明るみを帯びた空合が
ガラス戸越しに見えている
宿の裏庭から雑木林の中の
細い道を行くと川は近いと
宿の人が教えてくれた

櫟林の落葉を踏んで下だって行くと
水音が聞こえて林が跡切れ

姿を見せた谷の流れの表面に
うすい靄が漂い
時折吹く風に山桜の花弁が
舞うように落ちている

岩蔭から釣竿を伸ばし
対岸の深場を望んで
イクラを付けた鉤を川面に落とす
緊張感を覚える間もなく
目印の白い羽が静止した

竿先を撥ね上げると
重い手応えと同時に

テグスの先の水底から
銀色斑らの体色に虹色を滲ませた
鱒　左右に体を振りながら
水面に顔を出した

川面を渡る薫風
そよと吹く仲春に

鮎

春海を出て
群泳しつつひたすら
清流を遡上する稚鮎
夏になれば背の緑
際立つ黄色の追星を胸に
白泡巻く急流をものともせず
水垢付着した川底の石を
縄張りと死守する　鮎

涼風川面を吹く初秋から
紅葉舞い散る山野に
一陣の木枯らし吹き下ろす夕べに
申し合わせて下降し
冷水の川下に集まり
群泳する錆色の鮎たちは
子孫残そうと瀬付

やがて霜降り雪が舞い
凍てつく流れに身を委ね
ひらひらと真白き肌色みせて
水底に身を横たえる　鮎

息絶えて動かず
香魚　年魚ともいう命の
はかなさを思う

釣師

陽射燦々と降り注ぐ急流に
囮鮎を泳がせている　釣師
日焼けした顔に滲む汗拭いもせず
水面近くに動く目印を
油断なく見詰めている

目印　突如として水中に引き込まれ
釣糸水切る音を発した

同時に竿先は弧を画いた
釣師　少しも慌てず
釣竿を立てて
掛かった野鮎の動きを計っている

野鮎　動く気配を示さず
暫くして下流へ向かう動き見せたが
突如として川上へ動いた
囮鮎　白い腹を見せて喘ぎながら
若鮎のような姿で引かれている

釣師　呼吸の乱れもなく
釣竿を立てて糸をゆるめず

野鮎の動きに従っている

突然川下へと反転した　野鮎
一気に三間四間下だる
次第に引く力弱まり

やがて岸辺に引き寄せられた鮎の姿
背の肉厚く盛り上がり
細鱗の胸に鮮やかに浮かび出た
輝くような黄色の追星は
駿河の海を出て急流を馳せ
遡ってきた証し

釣竿肩に置いてツマミ糸を指先で抑え
腰からタモ（玉網）をとって
掬い込んだ野鮎
釣師の掌で握るに余る大鮎
金色に縁どる黒い目の色に
一抹の陰り漂わせている

仰ぎ見れば
聳え立つ駿河の富士の天空に
一片の雲はなく
掌中の大鮎を見入る　釣師
汗を滲ませた顔に
笑みを浮かべていた

雨の日の釣り

けぶるような雨の日に
鮎釣りをしていると
水面に入るテグスの先は
あやなく消えて
波打つ白波巻く川底に棲む
鮎
幻のように見える

釣竿を伝い
連なる雫が手元から
しとどに落ちる水滴の音も
さざ波立つ川面を打つ雨の音にも
ひたすら釣竿を構えて
佇んでいると
孤独な静寂さの中で
無我の境地になっていく

去年の鮎

夕映に釣り上げた鮎
くすんだ緑色の皮膚の背に
幾つかの掛鉤の傷痕
癒えてはいるが
幾多の釣人の技から逃がれ
生命永らえてきた
智恵ある証し

はたまたささくれた尾鰭は
荒天に耐え凍てつく冷水を
凌いで下降せず
春夏秋冬この流域に
留まっていた証し
孤高の勇姿と
譬えるべきか

釣り上げたタモ（玉網）の中で
触れた肌はざらつき
白い胸に際立っていた金星褪せて
燻し銀色の鎧着た
武者の如し

釣師　去年の鮎を
とまりあゆ　ふるせ（古瀬）とも呼ぶ

河原に陽光薄れ
翡翠の声はたと止み
低く高く水音のみ聞こえる川辺に
沈む夕陽を見上げる鮎の目は
潤んでいるようだった

鮎の季節

鮎釣りの季節になると
想い出す人がいる
海の魚よりも
川の魚の方が好きよ
といったその人は
初夏の解禁日に釣った
鮎を　笹の小枝を敷き
南天の若葉をのせて

送り届けると
「水々しくて奇麗な鮎ね有り難う」
電話の向うで喜ぶ姿が
思い浮かぶ
声を弾ませている

この世を去る二年前頃
原稿書くことを
出版社と約束しているが
文章が浮かんでこないと
夜半に度々電話を掛けてきた

その年の春先に

渓流魚解禁で
虹鱒を釣ったから送ると伝え
昔から鱒は体中を温め
気を壮んにすると言われている
「元気を出して書きなよ」
と力付けると
言葉の向うで
ほろりとした感じが
伝わってくる

鱒はどうやって食べたら
美味しいのという
川魚が好きと言いながら

めったに手に入らないのだろう
と思いながら
「僕はバター焼きが好きだよ」
と伝えると
「そう」と明るい声

孤り暮らしのその人は
翌日「鱒とっても美味しかった」
と喜ぶ電話の声が
弾んでいた

その人が数日病んだことを知らず
亡くなった新聞記事を見て

あとから　偲ぶ会をやるからと
友人が知らせてくれた

偲ぶ会で配られた
遺作になった本は
『朔太郎とおだまきの花』
いままで書かずにいた
娘から父や母へ　ありったけの
想いが込められているようで
遺書のようにも
感じとれることを書いていた
鮎の季節になると
その人のことを想い出す

（萩原葉子さんへ）

うぐい竿

母に買って貰った
二間半のうぐい竿
竹の節間整い
淡く漆が塗ってある
艶やかな地肌に
川岸の緑映えるようで
竿振る度に光っている

掛かった　うぐい
強く引く手応えに
思わず竿先を見上げると
さながら生きているようで
魚引けば耐え
休めば緩むことなく
引き寄せる姿自在に
我を悟せし折の
母の　言葉のようだった

鰍の子

河岸の浅い澱みに
集まっている　鰍の子
小さな楔にも等しい姿して
眠っているようだが
水面わたる風が温むのを
醒めている小さい目で
見極めようとしている
かとも思える

うす緑色の背白い腹
胸には川の王者の象徴の如く
金星付けて
せせらぎも泡立つ急流の中も
身軽るに泳ぐ若鮎の姿に
いつかなろうと望みを胸に
夢見ているのだろうか

それとも
大河を自由に泳ぎ
果てしなく展がる希望を
胸に画きながら

春を待っているのか
鰍の子は川底を住処に
鰍になるしかない定めを
知ってか知らずか
未だ冷たい流水の中で
じっと動かずにいる

蜉蝣

跡切れなく
清冽な流れが
谷のしじまへ
続く水面に
霞の帯かと見紛う
か細い蜉蝣の群れ
日暮れにかかる
夕陽の光淡く残る

川面に二、三尺の
高さ保ちつつ
時には高く低く飛び
抱き合う　蜉蝣

透きとおる
肢翅ふるわせ
群舞するかと
見る間に別れ
はらはらと
木の葉　散るように
川面に落ちる
はかない姿

秘めやかに
音もなく
織り上げる
白布流したような
夕映えの水面彩る　蜉蝣

山椒魚

掌に入るほど小さい
三角形のビッテ網
三粍ほどの細かい目の
金網で作ったのは
須雲川源流に棲む
山椒魚　捕る道具

双子山麓の谷川に

ひそかに分け入り
捕ってきたという
山椒魚　串差しにして
焼いていた父の姿
幼い頃の記憶にあった

黒焦げになった　山椒魚
幼い姉に食わせていた父の瞳
輝いているかとも
見える顔に
心細げな陰りを感じていた
病む人に利くと知った
後の日に

鯉

俎上の鯉の胴に
鋭い刃先当て
「覚悟してくれ」と言った父
鯉から流れる血を
白い茶碗に受ける目
潤んでいる

生命に代わりないのだが

鯉に助け給えと
祈るような眼差しで
訥々と飲む姉を見ながら
早く元気になれよと
呟くように言った父

父の顔を振り向いた
幼い顔は寂しげに
笑った姉の歯の白さ
赤い花模様の銘仙の
着物を着た姿
か細く見えて弱々しく
心細さに胸が痛んだ

幼き日

姉たちが唱う軍歌（戦友）に合わせ
学芸会に踊ったわれは
鉄砲担いで無心だったが
澄んだ歌声は
耳の奥に残っている

はたまた風呂を出て
姿見に向かって
おかっぱ髪拭きながら
「父よあなたは強かった」
唱っていた軍歌の声
妙に記憶の底に蘇る

学業秀でていた姉が
朝の起床遅々となった日
何時の頃か記憶にないが
寂しげな面影のみ残っている

「因幡の白兎」の劇
習う最中に　教師より
早く家へ帰れと急かされて
走ってわが家に戻ったが
病んでいた姉の息
苦しげだった

座敷に臥せている
小さき体より
しぼり出す声
「お父う　お父うよ……」
次第にか細く遠のいて行った
七夕の夕べに

信州の旅　……菅平……

夜明けに
バスで到着した　菅平
遠くの根子岳（猫岳）のみ
真白に聳え
ゲレンデの雪は浅く
草原の枯草の先が
覗いていた

牛乳を飲もうとして
宿の前の売店に入り
思わず息をのんだ
これほど似た人がいるだろうか
暫しわれを忘れ
幼い頃の亡き姉を想った

触れるばかりに近寄り
牛乳瓶を手渡してくれた時
揺れる黒髪に
おぼろげに残る記憶の匂い
蘇るのを覚えた

大きめな目に
寂しげな眼差し見せて
軍歌唱っていた澄んだ声
遠く過ぎ逝きし頃の想い
にわかに胸の裡に満ちて
雪原に目を移し
涙ぐむ思いを耐えていた

信州の旅　……美ヶ原……

霧が流れるなだらかな草原に
咲く花に魅されて
歩き続けているうちに
戻る方向を見失っていた僕は
思わず顔を上げた時
卒然として切れた霧
その前方に美しの塔が
小さく認められた

安堵と憧憬に満ちてゆく
胸の裡は恋人の姿を
発見したかのように
熱い想いを抱きながら
触れようとして
草原を走り続けた

それからは霧が晴れ
アルプスの山々が連峯となって
美しが原を囲むように
一望に展けた

信州の旅　……霧の高原……

松虫草の花が濡れている
高原を歩いていくと
霧が晴れ
鼻息を感じる程の近くに
馬の群れが出現した
と見る間に霧が流れて
逞しく群れる馬の姿を
かき消してしまった

群れの方角を避けて進むと
突然　消えた霧の中から
牛の群れが現われ
近付くと
寝そべっていた牛たちの
大きな図体が波頭の如く
うねるようにして立上がり
一斉に唐松林の方へ入って行った
僕は静かな自然の掟を
乱してしまったかと
すまない気がした

霧が晴れた林の奥へ
牛たちの群れを追って入ると
鮮やかな緑に囲まれた
芽吹いた梢の何処かで
「てんからから」と
駒鳥の鳴き声が
辺りに木霊していた

唐松林を抜けると
再び霧が出て
その合間から
滑らかな木肌をした白樺が
浮き出るように迫った

暫く行くと林が切れて
松虫草のうす紫色と
日光黄管の花が一面に咲く
草原が展けた

シャツを透して
肌に冷たい風を感じた時
霧が晴れて
放牧の馬の群れが
アルプスの連山を背景に
ゆったりと歩いてくる
と見る間に
吹き上げる霧に包まれてしまった

信州の旅　……高原の駅……

霧が流れる高原の
駅に降り立ち
待合室を出ると
小雨にけぶる歩道に
咲く紫陽花を背に
佇む人がいる

霧の中に消えて行く

人の後姿見送る眼差し
悲しげに
頬を伝わる一筋訥々と
落ちる水溜りに
微かな波紋が消えていく

雨は止まず
濡れそぶる高原の駅で
別れた人の
面影偲んでいるのか
その横顔の
淋しい思いのみ
花の顔に残っていた

信州の旅　……秋思……

目路一望
咲く花愛でて
楽しみながら
書を書く佳人と
清流に魚求めて
文を書く凡人あり

二人だけの

孤独の中で夕暮れて
いい音楽を聞きながら
旨いワインで
美味いものを食い
自然を語り合う
素晴らしきこの世なりと

繰り返し繰り返し
惟えども
されど……
生まれ変ること有りしかと
うつ向いて問う顔に
潤み漂う

見上げれば
浅間山に立つ白煙
仄かに立って揺らぎ
出でては消える秋空に
淡々と流れ行くさま
人の運命の如く
雲あてもなく西へ流れて行く

信州の旅 ……小瀬温泉……

宿の前の小川は
幅三尺ほどのせせらぎで
上流は白糸の瀧に通じ
岩魚が棲むと教えてくれた
宿の男は生簀を開けていた

流れの脇の生簀には
一尺ほどの鱒から幼魚まで

水槽が区切られて泳ぎ
山女魚も見える

朝夕の食膳に
鱒山女魚の塩焼き
甘露煮が山菜と共に並び
如何にも信州よと
従兄弟と顔を見合わせて笑った

信州の旅　……浅間山……

砂石の傾斜地を登り詰め
火口を右側から巡ると
風の強さに火口の底へ
吸い込まれそうだ

従兄弟と二人で
噴火口跡に下りて
赤茶色した大小の

岩石の中に暫くいると
夏だというのにヤッケを透し
凍てつく寒さが
セーターを着た上から
肌に染み入るようだ
「寒い」 思わず呟く

河原のような山頂から
追分側へ下りはじめると
突如として岩燕が
足許から飛んで
囀りはじめた

舞い上がった羽が風を切って
スイスイ雲を追い
追い抜いて
鮮やかに円を画いた

麓に目を向けると
白い半袖シャツを着た
中学生の一群が
テーブルマウンテン一帯に
展がって登ってくる
その背後に
信濃の山野が
広々と展けていた

信州の旅　……追分の月……

二日前に出した絵ハガキが
今日は家に着く頃だ
父と母　兄や妹は
いま頃は何をしているだろう
秋の月を眺めていると
旅に出ていることを
沁沁と感じる

月の青さが胸の隅々まで
滲み渡り匂うほどに美しい
若い頃
信州の月は澄んだ色で
綺麗よ　と言っていた
人を懐かしむ
熱くなるような
想いも湧いていた

青白く澄んだ空の
満月に近い月を
じっと見上げていると
時折渡る涼風の囁きに

諸々の想いが浮かんできて
瞼が潤んできた

夕日

夕日の光芒が映える
瀬頭の川面に
銀鱗をひらめかせ
魚が跳ねる

水面を離れ
夕日に輝いた光景の中に
慣れ棲む水流から躍り出て

新たな惟いを
求めようとしてか
魚が跳ねる

魚に見えたものは
夕日の色に染まった
空の色だけだったのか
飛び跳ねて
惟いが満たされたであろうか

身を躍らせて飛んで
夕日に体を染め
瞬時の間

水面を離れても
渦巻く流水の中に
戻るしかない魚に等しく
人もまた　他人知れず
飛ぼうと試みる

微かな水温を残し
黙々と跳んでいるが
私には解る
夕日の風景を眼に記憶し
水底の渦の中に
身を委ねるしかない
魚の惟いが

黄昏

釣れない釣れないと思いながら
釣竿を出している
魚が好みそうな川相の見えない水底に
魚はいるのかいないのか解らない
暫く待って釣れない時には場所を変えると
釣果を得ることがあるのも心得ている

釣場を移動しようかと迷いが生じる

だが水量も水色も流れの動きも
魚がいない筈はないと思える
もう少し様子をみようと考え直し
釣り続けているうちに陽が西へ移り
川面に映える自分の影が長く薄れて
日暮れ時が近付いていることに気付く

人もまた望みどおりの歳月の過し方は
いまだ見えないが
そのうちに望みが叶うだろう
期待しながら繰返しているうちに
黄昏が訪れている

俳句

春

樵初《きこりぞめ》深山杉を挽く匂い

新春を故郷で迎える我身幸

初春や閑居の庭は雪景色

初春やわが師の家麗らなり

労りつまた今年もと雑煮食う

辛夷咲く梢に淡き雲流れ
初鶯を妻と聞く庭梅一輪
梅一輪松の蔭より開きおり
暮れなずむ庭去り難し梅の花
白梅や過ぎし日の人なつかしき
歳ごとに欠ける年賀に友偲ぶ

梅の花待つこともなく逝きし友

春雷や椿の紅が一つ落ち

人去りて面影残る白椿

目白きて密吸い落とす紅椿

透谷忌訪ねし寺に白木蓮

古里の山辺に似たる旅の春

古里に彼岸詣でし沈丁香

春野行く釣師かげろうゆらゆらと

浮木を上げ竿先見れば山笑う

船宿の丸窓明かし猫柳

白雲が春田にうとし菜の薫

藤の花たわわに白く縁の先

名木に白藤走る峠かな

今昔を結ぶ並木に藤の花

稚児の負う薪に立てり糸桜

負う稚児の手に握りおる山桜

山桜花より先に葉の緑

子の髪に花吹雪舞う並木道

満開の桜並木を神輿行く

苗木買う桜祭りに事寄せて

うつつ聞く祭太鼓や春の宵

春光や若菜摘む手に黒髪に

春光や川面きらきら酒匂川

友と会う春の千草を越えてきて

黒潮の海見ゆる丘麦を踏む

餌台に群れて離れず寒雀

愛犬が庭駆け回る春の夢

明鴉添寝の猫がそっと脱け

俳誌伏せ仮寝の夢に旅の宿

浦人が雁風呂を焚く春の宵

夏

夏座敷表替えして爽やかに

浴衣着の客人二人茶をたてる

遠雷を袂に受けて客帰る

古里の山懐しき百合の花

卯の花や父母亡き生家遠のきて

山吹の渓に懸かりし丸太橋

新茶汲む今宵の月は細みけり

暑気払い集いし友が一人減り

野を捨てた蛍火涼し椿山荘

梅雨間行く釣人たちの足速し

五月雨を梅の小粒がしぼりおり

梅雨明けの遠雷しきり梅を取る

嵐去り空の青さや雨具干す

葉桜に人影まばら城下町

旧蹟に古今の夢を辿る旅

夏の朝旅の枕に流れ聞く

谷千仞はこねうつぎの旧街道

涼み台お化けが出たと児等は逃げ

朝寝して青葉目映ゆし仕事部屋

熊蝉の声に目覚めし旅の朝

麦刈や雲雀の古巣壊しけり

麦刈に留守の子猫が客迎え

蜘蛛の子が夜業の灯下走り抜け

秋

瓜一つ分け合う庭や秋日和

秋晴や子猫が通る障子切る

舞い降りし伊予路の秋や姫だるま

伊予の秋まず子規堂を染めはじめ

秋日射す子規の書斎に菊匂う

客去って子規堂にわかに暮れる秋

絣着てかき餅を焼く大社町

穴道湖をソリコ舟行く秋日和

日御崎輝きながら秋日落ち

菊の香や道行く人の足を留め

人去来古道まばらに秋は暮れ

落葉掃く乙女の頬に紅葉映え

深山行く法衣の裾を追う紅葉

小寿鶏が飛び立つ後に紅葉舞い

空の青海の碧みて密柑もぐ

庭の柿強風耐えて赤くなり

行く秋や梢に残る柿一つ

柿の実を取る人もなく秋は暮れ

秋茄子に白羽突き刺し鳥威し

村里に一声高く百舌鳥の声

百舌鳥鳴いて家で育てし日々偲ぶ

青天や海鳴り遠く金木犀

自然薯の枯蔓からむ雑木林

しとしとと暗き雨夜に師逝けり
去りし日の人懐しき曼珠沙華
古里に彼岸詣でし曼珠沙華
古里や黄金の波が迎え入れ
遊覧のバス長々と秋野行く
間引菜や朝餉の香り爽やかに

わが子らは林檎を抱いて夢に入る

蟷螂が鎌構えおる枯薄

鈴虫の声細々と闇の中

われ老いて刈田に蝗追う子なし

葉桜に人影まばら城下町

虚ろなり残せし犬の赤い綱

愛犬の夢に目覚めし夜寒かな

秋刀魚焼くわが家に犬の姿なし

街灯に薄羽かげろう群れて翔び

一点の漁火遠し秋の海

信濃路の夕月冴えて雁渡る

杉林抜けて富士見る里は秋

冬

初夢は那須温泉の雪の中

幼児と笑いつ大根洗う母

母と組む手に装える七五三

何処からか柊匂う日暮れ時

今日一輪明日一輪と寒椿

庇まで木地積まれおり寒水仙

餌台に群れて離れず寒雀

川面吹く風寒々とはぐれ鴨

笹鳴や師去りて偲ぶ竹の寺

閑談も今宵の寒さに途切れ勝ち

寒月や枯木に銀の筋走り

雪折や茶話の途切れた客となり

雪折や母と語らう夜更かな

病室の窓うつ落葉音もなし

はや師走枯木林に雪が舞う

雪時雨箱根全山また眠る

富士を背に雪原滑る心地良さ

釣

初釣りや岩魚求めて奈良井川

新緑の木曽谷深く岩魚釣り

朝霧の深山幽谷山女魚釣り

朝明けの川瀬に青き魚走る

山藤の花影に入り山女魚釣る

山女魚釣る遠目に淡く山桜

山女魚焼く谷間に近く桜花

霞む富士水田に望みやまべ釣る

水温み瀬わきにひそむやまべ釣る

釣り上げし桜うぐいに春の陽が

緑陰の風静まりてうぐい釣り

夕涼み兼ねて穴場のうなぎ釣り
山百合の谷間を抜けて釣の宿
せせらぎをきらめきながら鮎溯上
溯上鮎川面さざめく春の川
瀬頭を踊る稚鮎に春の陽が
春陽受け浅瀬に遊ぶ小鮎たち

花吹雪く川面を跳ねる稚鮎かな

行春や若鮎めぐる蛇籠かな

鮎を釣る梅雨の晴間の朝まずめ

夕まずめ薄陽の川面鮎跳ねる

夕映の川瀬立込み毛鉤釣り

雨あがり早川の鮎父と釣る

葉桜の河津川辺に鮎を釣る

峠越え鮎釣る伊豆は夏浅し

富士見ゆる狩野川前に鮎を釣る

われ老いて伊豆の川瀬の鮎想う

富士仰ぎ荒瀬富士川友釣し

伊南川の夜明に釣りし鮎青く

馬瀬川の大鮎求め深山越え

海へ出る術なく果てる馬瀬の鮎

長良川雨後の濁水鮎釣れず

山女魚の子見つつ鮎釣る亀尾島川

梅雨明けの川波跳ねる盛り鮎

荒瀬跳ぶ大鮎狙う釣師かな

鮎守る水垢さぐり友を引く

炎天下荒瀬を泳ぐ囮鮎

釣師立つ川面ざわめき俄雨

堤行く釣師の肩に長い竿

川面吹く涼風受けて竿を振る

水色の少女鮎釣る盛夏なり

秋日和掛かりし鮎の腹肥えて
鮎の肌錆ても力衰えず
釣上げて俄に錆る秋の鮎
釣り上げし錆鮎哀れ夕時雨
一陣の木枯らし吹いて鮎瀬付
散る紅葉流れる影に下り鮎

落鮎を鴎啄む冬の川
鷺群れて落鮎狙う冬の川
落鮎を釣る人も無く秋は暮れ
鮎去って川面蕭《しょう》蕭《しょう》雪が舞う
閑居して日溜探し鮒を釣る
寒鮒をうつらうつらで釣り逃がし

著者／小田　淳（おだ・じゅん）
本名　杉本茂雄。昭和５年神奈川県生
日本文芸家協会会員
日本ペンクラブ会員
大衆文学研究会会員
電電時代賞受賞

岩魚の季節

発行　二〇一二年九月一日　初版第1刷

著　者　小田　淳
発行人　伊藤太文
発行元　株式会社　叢文社
〒112―0014
東京都文京区関口一―四七―一二江戸川橋ビル
電　話　〇三（三五一三）五二八五
ＦＡＸ　〇三（三五一三）五二八六

印刷・製本　モリモト印刷

ISBN978-4-7947-0697-3